bravo !
martine

8 récits illustrés par marcel marlier

Martine, vive la rentrée !
Martine l'accident
Martine fête son anniversaire
Martine en classe de découverte
Martine baby-sitter
Anne et Françoise en vacances
Deux lapins tout pareils
L'oie Eugénie et Snif le lapin

CASTERMAN

http://www.casterman.com
D'après les personnages créés par Gilbert Delahaye et Marcel Marlier © Léaucour Création.
ISBN 2-203-10732-4

© *Casterman 2004*

Droits de traduction et de reproduction réservés pour tous pays. Toute reproduction, même partielle, de cet ouvrage est interdite. Une copie ou reproduction par quelque procédé que ce soit, photographie, microfilm, bande magnétique, disque ou autre, constitue une contrefaçon passible des peines prévues par la loi du 11 mars 1957 sur la protection des droits d'auteur.

martine
vive la rentrée !

GILBERT DELAHAYE - MARCEL MARLIER

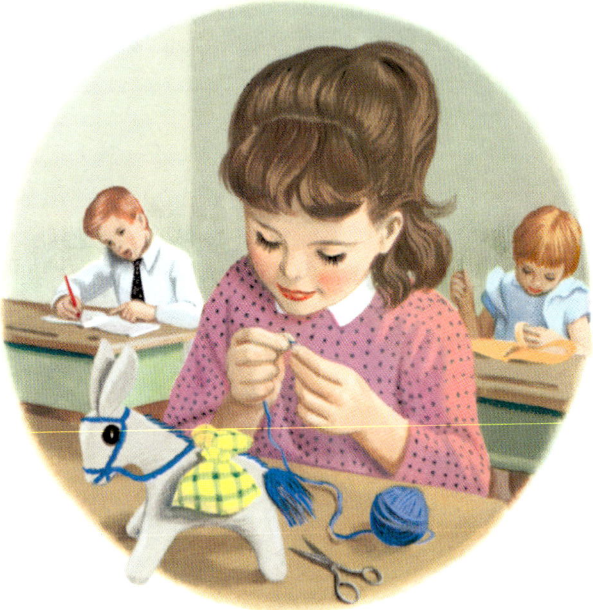

Lundi : Les vacances sont terminées.

Les jouets sont en place dans le placard. La maison est en ordre. Maintenant il faut partir en classe.

— Viens-tu à l'école avec moi ? demande Martine à son frère Jean.

— Oh non, je préfère jouer avec Patapouf.

— Alors, tu ne seras jamais un savant !

Le chemin de l'école tourne devant le moulin, saute par-dessus le pont.

Justement voici le vieux meunier :

— Pourquoi es-tu si pressée ? demande-t-il à Martine en déposant son sac.

— Parce que je vais à l'école.

— Et que fais-tu à l'école ?

— J'apprends à calculer, à écrire sur mon ardoise et à lire dans mon livre de lecture.

Sur le mur de l'école, un chat noir passe toute la journée à se chauffer au soleil. Il a l'air de dire : « Entre, Martine, entre. C'est ici qu'on apprend l'alphabet. Je voudrais bien être à ta place, mais je ne suis qu'un petit chat qui ne sait ni *a* ni *b*. Cela doit être agréable d'aller à l'école ! Seulement voilà, un chat n'apprend pas à lire. »

Dans la cour de récréation la maîtresse attend Martine. Et aussi Marie-Claire, Bernard et tous ses amis.

— Bonjour, Martine, dit la maîtresse. T'es-tu bien amusée pendant les vacances ?

— Oh oui, j'ai été à la mer, chez mon oncle François. J'ai fait une promenade dans son bateau avec Nicole et Michel et nous avons visité le port.

— La cloche sonne. Venez, il est temps de se mettre en rang et d'entrer en classe.

Mardi : A l'école Martine a son porte-manteau et son pupitre. Sur le mur il y a un tableau noir et une boîte de craies.

Martine écrit une addition au tableau :

— 3 + 2 = 5, dit Martine.

— Pourvu qu'elle ne se trompe pas! pense Marie-Claire.

Toute la classe écoute la leçon de Martine.

Mercredi : Martine apprend à tricoter.

Un point... deux points... Il faut se dépêcher de finir une aiguille.

— Je tricote un bonnet pour Françoise, dit Martine.

— Qui est Françoise ? demande Marie-Claire.

— C'est ma poupée. Celle qui a un chapeau neuf et des boucles d'oreilles.

— Voilà une boule de laine qui ferait bien mon affaire, pense le chat de l'autre côté de la fenêtre.

Jeudi : Il est midi.

Les élèves quittent l'école en courant. Le chat bondit. Les oiseaux s'envolent par-dessus la haie.

— Au revoir, Martine, crie Marie-Claire. C'est congé cet après-midi. Allons-nous jouer à la maison ?

— Oui, je viendrai avec mon frère Jean. On s'amusera tous les trois.

Jeudi après-midi : Marie-Claire, Martine, Annie et Jean jouent à cache-cache dans le jardin.

— Viens par ici, derrière les fleurs.

— Attends-moi! J'ai perdu ma chaussure, dit Jean tout à coup.

— 21. 22. 23, compte Marie-Claire.

Vite, Martine, Annie et Jean se sont cachés :

— Hou-Hou, ça y est! tu peux chercher, Marie-Claire.

Vendredi : Tout le monde est de retour à l'école.

Martine écrit sur son cahier. Écrire est amusant. Mais il faut faire bien attention. Il s'agit de ne pas dépasser la ligne rouge et de mettre un point sur le *i*.

Le cahier de Martine a cinquante pages. Il est plus gros que celui de Marie-Claire. Sur la couverture, Martine a écrit son nom : ainsi tous les élèves reconnaissent le cahier de Martine.

Samedi : Martine récite sa leçon.

— Je vais t'apprendre l'alphabet, dit la maîtresse. a... b... c... d... e...

— Be, ba, bi, bo, bu, font les oiseaux de l'autre côté de la fenêtre ouverte.

— Qu'est-ce que cela veut dire ? demande le merle en penchant la tête sur le côté.

— Cela veut dire, répond le moineau, que l'hiver approche ; les feuilles vont jaunir, elles vont tomber des arbres et il neigera bientôt sur la campagne.

A dix heures, Michel et Bernard jouent aux billes dans la cour de récréation.

— Une bille de verre coûte cher, dit Bernard, il ne faut pas les perdre.

— J'en ai acheté 5 hier.

— Moi, je préfère la verte avec du rouge au milieu.

— Viens danser à la corde tout près du banc, dit Martine à Marie-Claire.

Lorsque Martine a fini de sauter à la corde, elle monte sur le banc :

— Maintenant nous allons chanter ensemble. Un, deux et trois :

>Il était un soldat de bois
>dedans la caserne du roi
>qui ne savait pas sa leçon.
>Le roi l'apprit et, de sitôt,
>il l'enferma dans son château...
>et ron, et ron, et patapon.

Le soir, l'école est finie. Martine retourne à la maison. Le chat, qui ronronne au pied du petit mur, lui dit :

— Bonsoir, Martine. Combien font deux et deux ?

— 2 + 2 = 4. Tu as 4 pattes. Il y a 3 canards au milieu de l'étang et 1 merle dans le cerisier.

— Tu en connais des choses. Qui t'apprend tout cela ?

— C'est écrit dans le livre de calcul, répond Martine.

— Maintenant, dit Martine, vite à la maison.

En chemin elle rencontre Médor et Patapouf qui se promènent par là. (Médor, le chien de la ferme, est l'ami de Patapouf. Ils sont toujours ensemble).

— Qu'est-ce qu'un *a* ? demande Médor.

— Et un *o* ? dit Patapouf.

— Dans chocolat, il y a un *a* et deux *o*, répond Martine.

— Cela doit être vraiment bon, dit Médor, qui n'en sait pas plus que l'âne Califourchon.

Dans le jardin du boulanger, Pierrot ramasse des pommes. Il appelle Martine :

— Raconte-moi une histoire.

— Eh bien, asseyons-nous là.

Martine ouvre son livre de lecture et lit :

— Il y avait dans un jardin une fleur si petite et qui sentait si bon que tout le monde avait le cœur content. Le soleil et la rosée l'aimaient beaucoup. Ils venaient l'embrasser tous les matins.

Enfin Martine arrive à la maison. Elle est heureuse de revoir sa maman et son petit frère qui l'attendent :

— Tu sais, dit Jean, j'ai réfléchi. Demain j'irai à l'école avec toi.

— Alors nous allons faire notre devoir ensemble.

— Mettons notre tableau près de la fenêtre.

— J'écris les additions, et tu me donnes la réponse... Cela n'est pas difficile !

Et le lendemain, sur le chemin des écoliers, Pierrot, Jean et Martine rencontrent le meunier :

— Où allez-vous tous les trois ? demande celui-ci.

— A l'école de Martine, pour apprendre à lire l'histoire de la fleur qui sentait si bon, répond Pierrot.

— Et moi, pour devenir un savant.

— Alors, dit le meunier, dépêchez-vous, mes petits, sinon vous allez être en retard.

martine
l'accident

GILBERT DELAHAYE - MARCEL MARLIER

C'est l'hiver.

L'eau gèle dans les ornières. Les lapins se cachent. Les merles se taisent. Au village, on attend Martine. Elle a rendez-vous chez son amie Nicole pour préparer le carnaval.

– Dépêche-toi, Patapouf ! Nous allons être en retard.

– Pas si vite ! Pas si vite !

Martine pédale à toute vitesse. Elle se retourne. Soudain, elle dérape et… patatras ! La voilà par terre !

Patapouf voudrait bien se rendre utile.
– Essaie de te relever !
– Non, Patapouf, je ne peux pas ! C'est impossible.
La jambe me fait trop mal.

Qui appeler au secours ? Le facteur ? Le fermier ?
Personne ne passera par ici. Les écoliers sont en vacances.
Le temps s'écoule. La nuit va bientôt tomber. Il fait froid. Que faire ?
Soudain, Patapouf s'enfuit à travers champs.
– Où vas-tu, Patapouf ? Ne me laisse pas toute seule !

Un fermier se dépêche de terminer son travail avant la nuit.
– Mais, c'est Patapouf ! Que fais-tu par ici ?
Le chien a l'air tout excité :
– Vite ! Vite ! Il faut venir !
– Il se passe quelque chose de grave, pense le fermier. Allons voir.
Il découvre Martine, blessée, le long du chemin.
Aussitôt, il appelle l'ambulance. Tout se passe très vite…

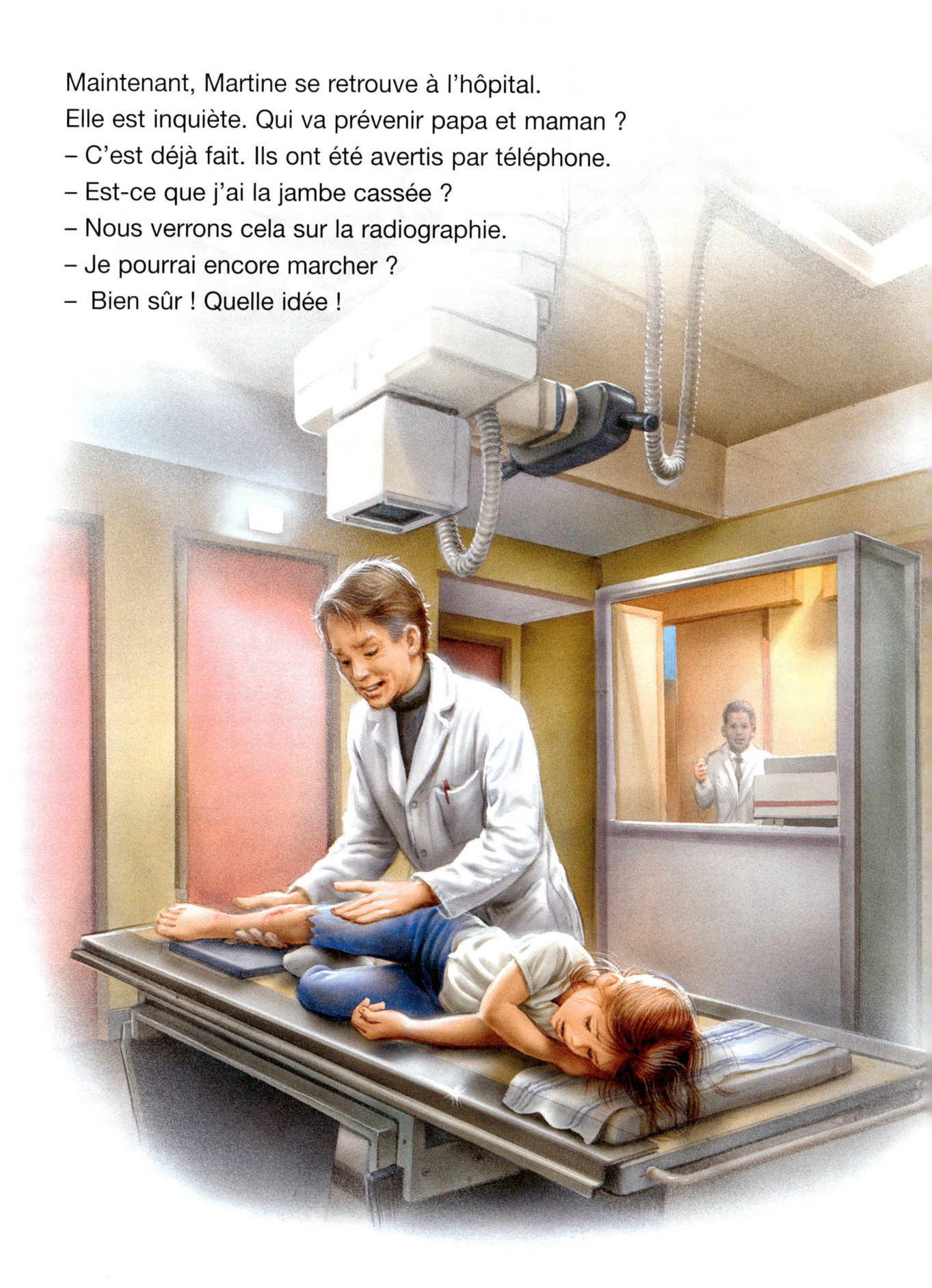

Maintenant, Martine se retrouve à l'hôpital.
Elle est inquiète. Qui va prévenir papa et maman ?
– C'est déjà fait. Ils ont été avertis par téléphone.
– Est-ce que j'ai la jambe cassée ?
– Nous verrons cela sur la radiographie.
– Je pourrai encore marcher ?
– Bien sûr ! Quelle idée !

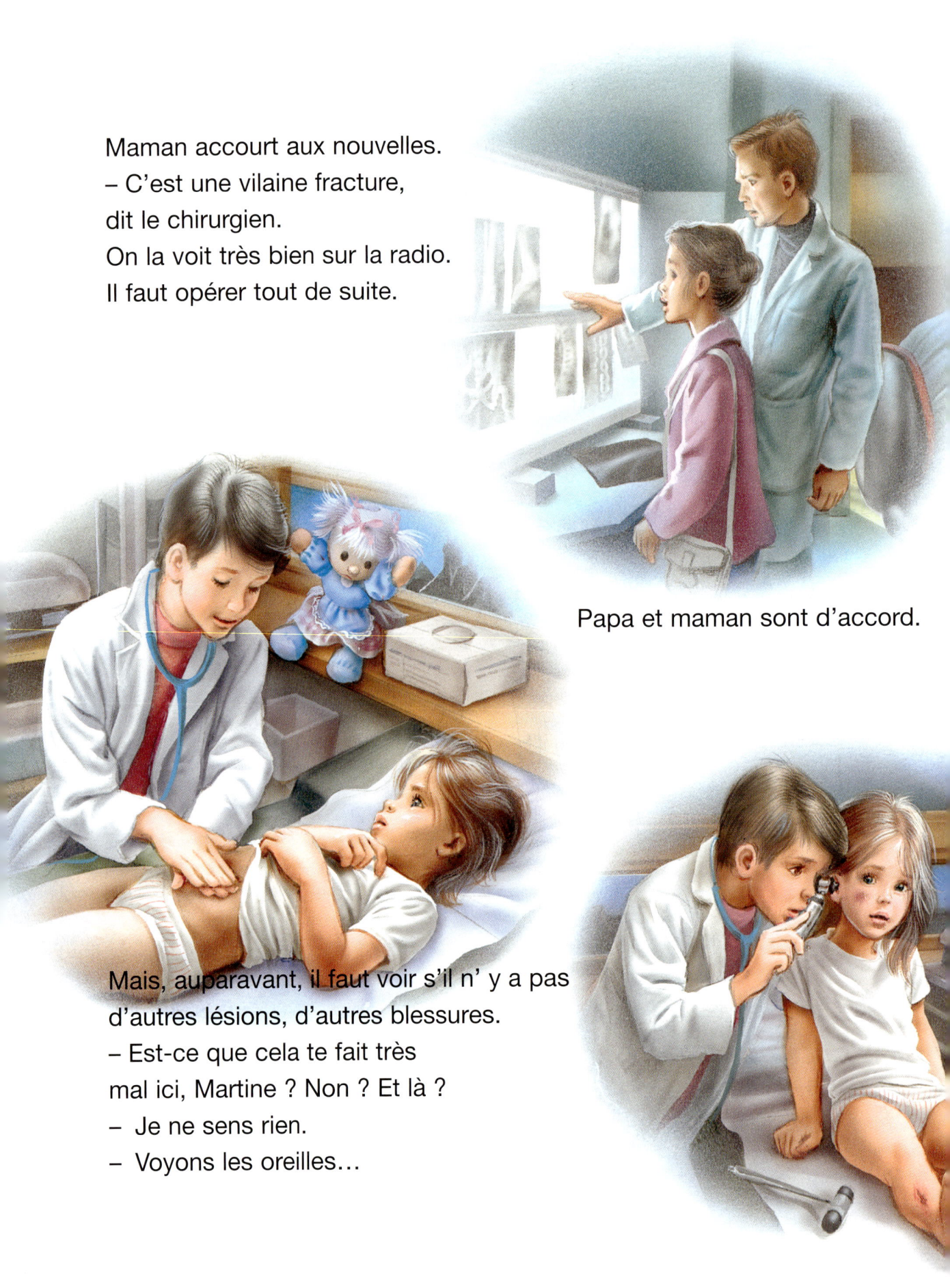

Maman accourt aux nouvelles.
– C'est une vilaine fracture,
dit le chirurgien.
On la voit très bien sur la radio.
Il faut opérer tout de suite.

Papa et maman sont d'accord.

Mais, auparavant, il faut voir s'il n' y a pas
d'autres lésions, d'autres blessures.
– Est-ce que cela te fait très
mal ici, Martine ? Non ? Et là ?
– Je ne sens rien.
– Voyons les oreilles…

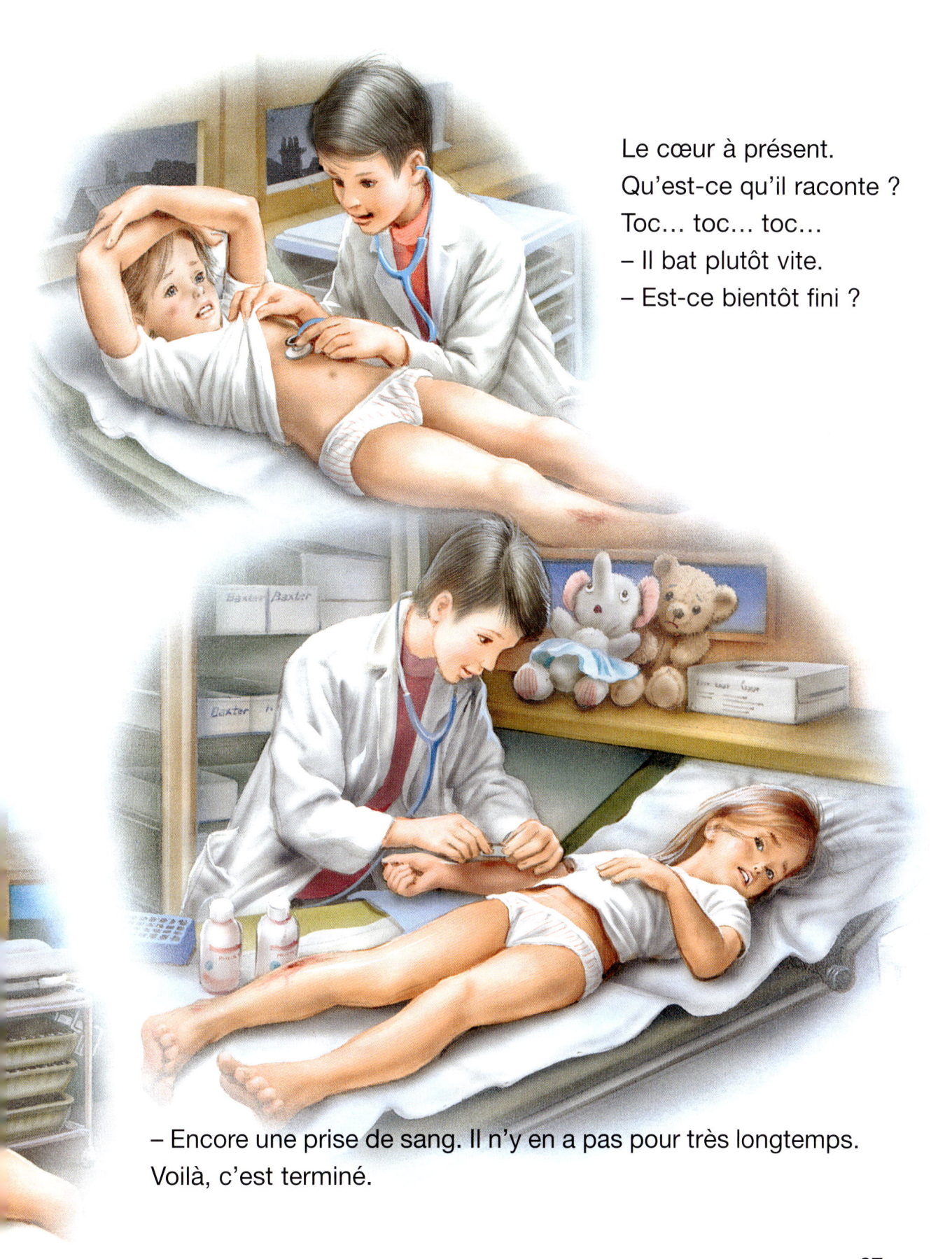

Le cœur à présent.
Qu'est-ce qu'il raconte ?
Toc… toc… toc…
– Il bat plutôt vite.
– Est-ce bientôt fini ?

– Encore une prise de sang. Il n'y en a pas pour très longtemps.
Voilà, c'est terminé.

L'infirmière emmène Martine vers la salle d'opération.
– Rassure-toi, lui dit-elle.
Tout se passera très bien.
Le chirurgien va te remettre la jambe en état.
– Ça va faire mal ?

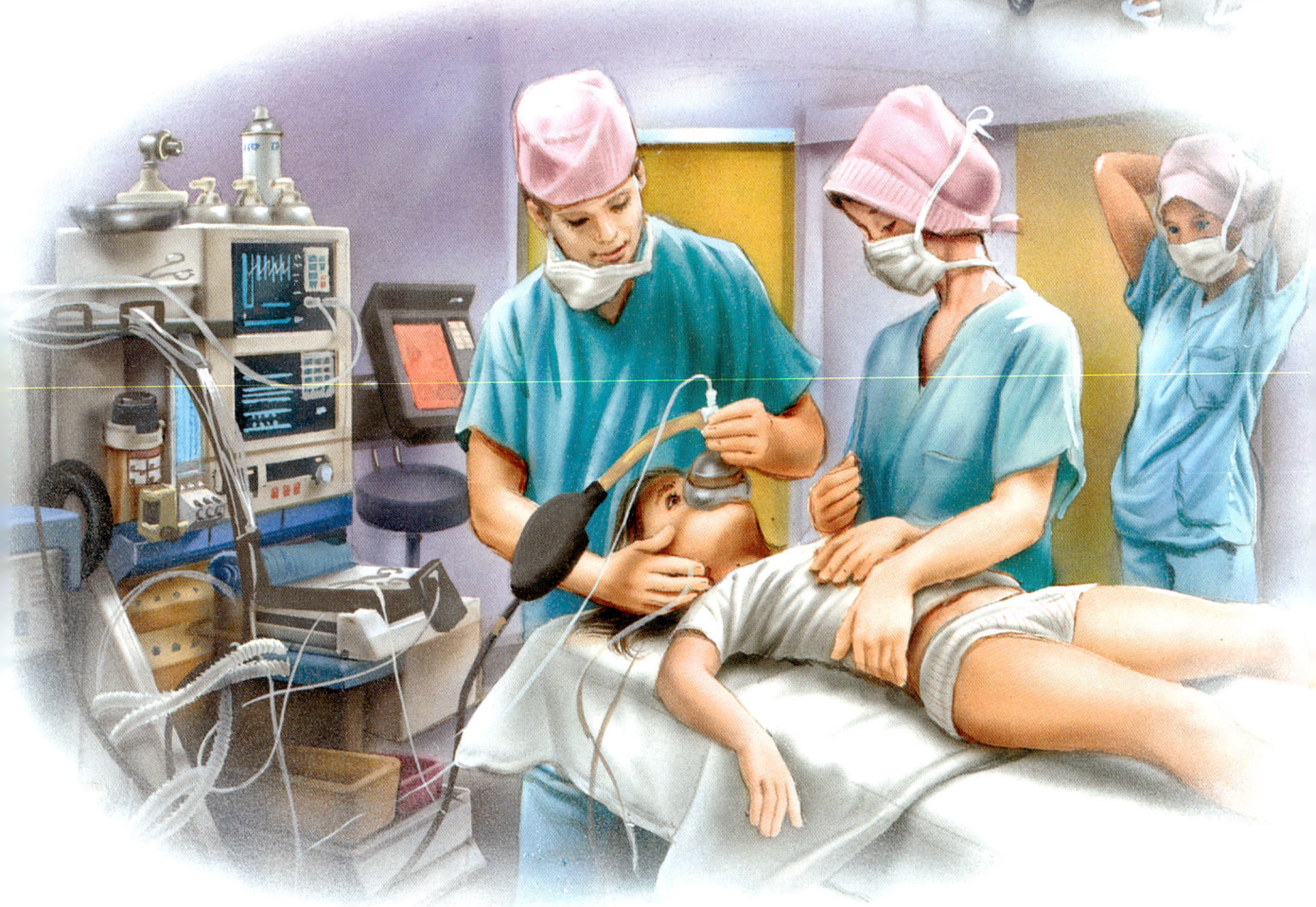

– Pas du tout ! L'anesthésiste va t'endormir. Tu ne sentiras rien. Absolument rien.
– Je voudrais voir maman. Où est-elle ?
– Elle n'est pas loin. Tu la verras dès ton réveil.

L'infirmière a dit vrai.
Pendant toute l'opération,
Martine a dormi
profondément.

De retour dans sa chambre,
Martine ne se souvient
de rien. Elle a la tête vide,
comme si elle sortait
d'un long tunnel.
– Martine, m'entends-tu ?
C'est maman, ma chérie.

On frappe à la porte… Papa, Jean, Nicole et Françoise viennent prendre des nouvelles.

– Ça va. Ça va, dit Martine. La tête me tourne encore un peu. Ma jambe est lourde, si lourde ! Comment vais-je pouvoir marcher avec ce plâtre ?

– Ne t'inquiète pas ! Dans quelques semaines, on va te l'enlever et tu marcheras comme avant.

– Le jour de l'accident, dit Nicole, nous t'avons attendue toute la soirée. Nous étions inquiets.

– Et Patapouf ?

– Le fermier l'a ramené à la maison. Pauvre chien ! Il était exténué. Tu lui dois une fière chandelle !

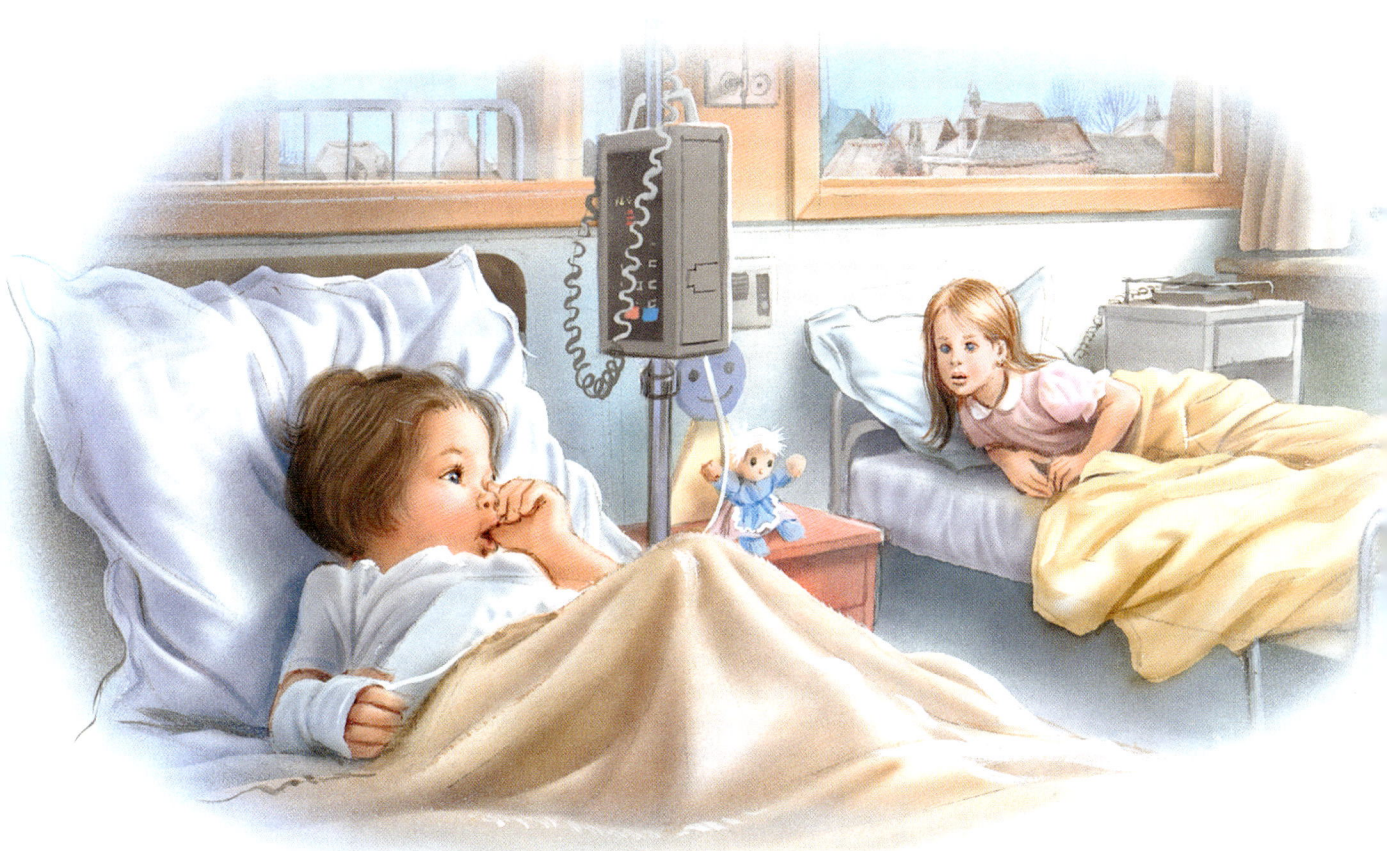

Martine a une compagne de chambre. Elle vient d'être opérée de l'appendicite. Sa maman lui rend visite le soir.

Les deux fillettes font connaissance.
– Comment t'appelles-tu ?
Il y a longtemps que tu es ici ?

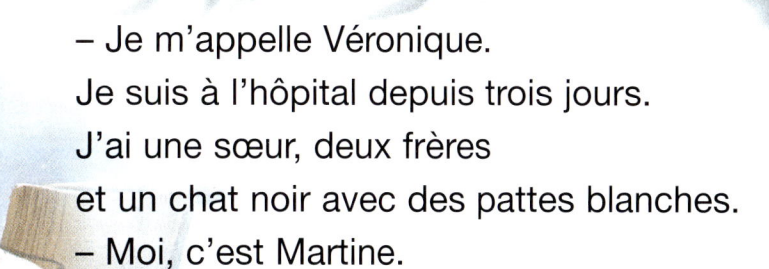

– Je m'appelle Véronique.
Je suis à l'hôpital depuis trois jours.
J'ai une sœur, deux frères
et un chat noir avec des pattes blanches.
– Moi, c'est Martine.
Je préfère les chiens.

À l'hôpital, on se fait des amis. Cédric vient voir Martine tous les matins.
– Je peux te conduire à la salle de jeux si tu veux.

– D'accord. Allons-y.
– Ta jambe, c'est arrivé comment ?
– J'ai fait une chute à bicyclette.
– Moi, j'ai eu une méningite. J'avais de la fièvre. Je faisais des cauchemars. Je suis resté deux semaines au lit. À présent, je vais beaucoup mieux.

– Bonjour, Myriam !
– Pourquoi ne peut-on pas entrer dans sa chambre ?
– C'est une chambre stérile, pour éviter les microbes. Myriam a dû subir un traitement difficile.
Ses cheveux sont tombés, mais, quand ils vont repousser, le docteur a dit qu'ils seraient plus beaux qu'avant.
Bientôt, elle pourra sortir.
– Elle viendra sûrement jouer avec nous.

À travers la vitre, Martine lui envoie des baisers.

À l'hôpital, Cédric connaît tout le monde. Il ne se perd jamais dans les couloirs.
– Voici la salle de jeux. Entrons.

Ici, on peut jouer à la poupée. Se déguiser. Lire.
Dessiner et même faire du toboggan !
– Demain, c'est le carnaval.
Nous allons fêter cela, dit l'animatrice.
– Qu'allons-nous faire ?
demande Corentin.
Corentin est très mignon.
Il bavarde sans arrêt.
– Nous allons confectionner
des masques, dit Cédric.

Pour cela, il faut du carton, des ciseaux, de la gouache, des pinceaux et… beaucoup de patience.

– Je veux être un tigre.
J'aurai des moustaches terribles.
– Moi, dit Corentin, je voudrais être un chien.
Un gros. Avec des yeux de flamme et des dents pointues. Je m'appellerai César.
Je ferai la chasse au tigre.
– Et toi, Martine, veux-tu que je te maquille ? propose Cédric. Tu seras Colombine.
– J'aimerais mieux être une princesse chinoise.

– Bonjour, les enfants !
Est-ce que vous êtes sages ?
– Oui… oui…

Qui sont ces visiteurs ? Ce sont le clown Zavati et le Docteur Tant-Mieux.
Ils sont venus distraire les enfants malades. Le clown a mis sa culotte à pois, sa perruque et son nœud papillon.
Le Docteur Tant-Mieux porte une blouse blanche.
Il s'approche de Martine pour vérifier ses réflexes.
– Eh bien ! Comment va cette jambe ?

Avec le carnaval, les chagrins s'envolent.
Déjà le soir.
C'est l'heure de se mettre au lit.
Maman téléphone.
On bavarde. On bavarde.
Martine tombe de sommeil.
– Bonne nuit, Martine !

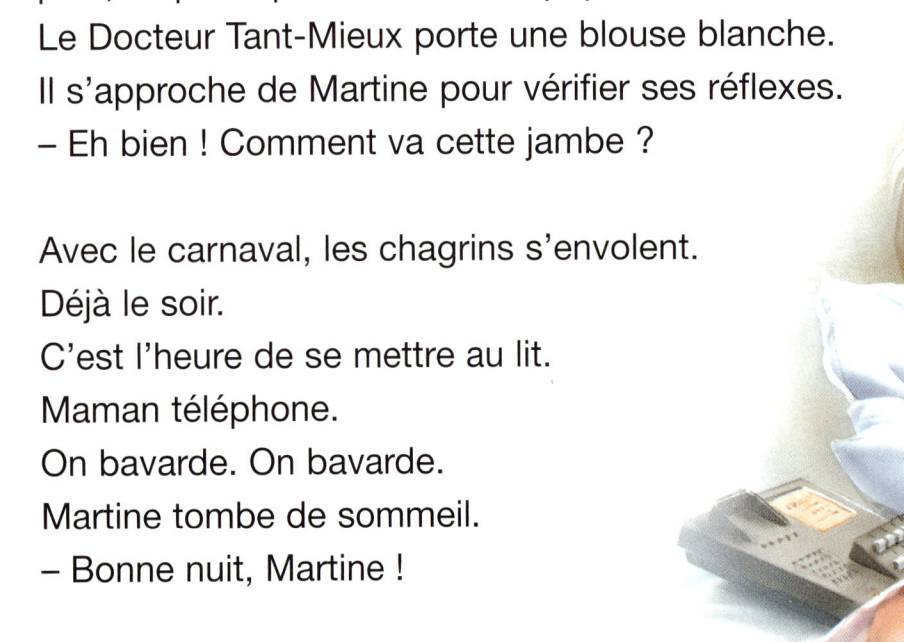

Martine se réveille. Il est tard. Elle a dormi longtemps.
Elle fait sa toilette.
Cédric est sûrement dans sa chambre.
Allons lui dire bonjour !

La chambre de Cédric est vide. La femme de ménage nettoie les vitres.
Elle chante parce qu'il y a du soleil et que demain, c'est dimanche.
– Bonjour, Martine.
Comment ça va ?
– Je voulais voir Cédric.
– Il a quitté l'hôpital. Je l'ai
vu partir avec son père.
– Il ne vous a rien dit ?
– Non. Il avait l'air content
de rentrer à la maison.

Martine est tout à coup très triste.
Peut-être que Cédric est dans la salle
de jeux ? Mais non ! Il faut bien
se rendre à l'évidence.
Cédric a quitté l'hôpital.

Martine s'était attachée à Cédric.
Bien sûr, il reste Corentin.
Dans sa déception, Martine
a oublié le petit garçon.
– Ah, te voilà, Martine !
Je te cherche partout.
J'ai une lettre pour toi.
– Pour moi ? Une lettre ?

– Cédric me l'a donnée pour toi.
Ce matin, tu dormais encore.
Il n'a pas voulu te réveiller.
Vite, ouvrons cette lettre.

Martine,

Excuse-moi si je t'ai quittée aussi vite !
Papa est venu me chercher. Il était très pressé. Nous partons à la montagne.
Quand nous reviendrons, je te ferai signe. Voici mon adresse.
J'espère que tu seras vite guérie, toi aussi.
    Une bise à Patapouf ! Je ne t'oublie pas,

    Cédric

martine
fête son anniversaire

GILBERT DELAHAYE - MARCEL MARLIER

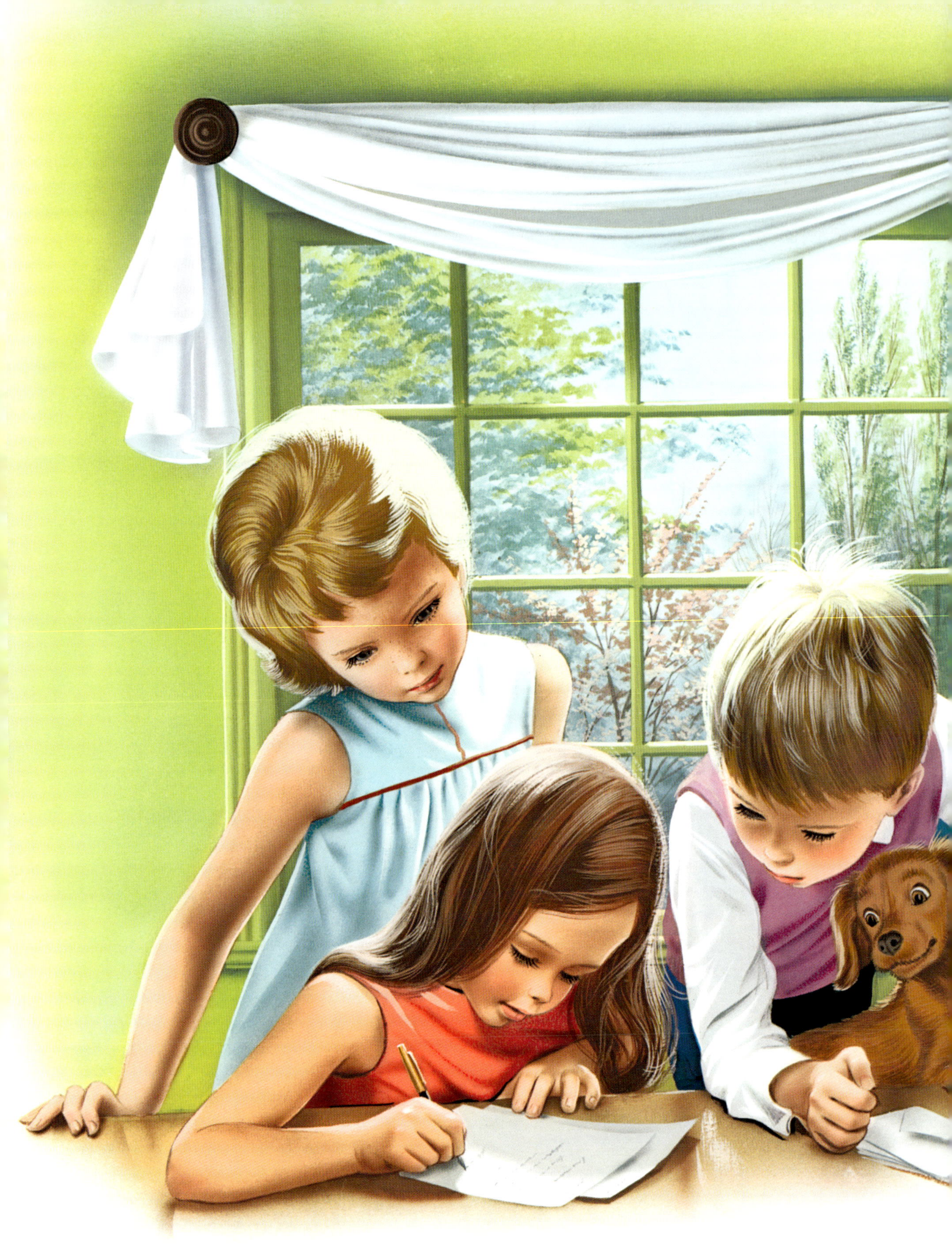

Dans quelques jours, Martine va fêter son anniversaire. À cette occasion, maman a dit :
– Nous ferons une jolie fête dans le jardin. Tu devrais envoyer les invitations.
Donc, voici ce que Martine écrit à ses petits amis :

*"Martine vous invite à fêter son anniversaire à la maison mercredi prochain.
Elle sera très heureuse de vous recevoir. Il y aura de la musique, des jeux et une surprise."*

Pour n'oublier personne, Martine a dressé avec soin une liste d'adresses. Il ne reste plus qu'à les inscrire sur les enveloppes.
– As-tu invité ton amie Françoise ? demande la maman de Martine.
– Oui, et aussi son petit frère Philippe.

Tous les amis de Martine ont répondu à son invitation.
Cela fera une grande fête à la maison.
Il est temps de commencer les préparatifs.
– Regarde la jolie robe que je suis en train de faire pour toi,
dit la maman de Martine. Veux-tu l'essayer ?
– Bien sûr. Je suis contente.
– Attention. Il y a des épingles. Ne bouge plus maintenant…
La robe ira vraiment bien.

Patapouf, lui, préfère aller jouer dans le jardin. Justement,
Jean est occupé à construire un stand pour les attractions :
– Attention, Patapouf, de ne pas attraper une planche sur la tête.
– Bonjour les amis, dit un petit voisin qui arrive avec des tentures.
– Voilà des drapeaux et des guirlandes.

Pendant ce temps, Martine est allée chez la coiffeuse.

Elle a pris rendez-vous comme sa maman et on lui a réservé sa place.

La coiffeuse se dépêche, car elle sait bien que Martine a encore beaucoup de choses à faire à la maison. Vous pensez bien qu'on ne fête pas tous les jours son anniversaire.

– Assieds-toi sous le casque, dit-elle à Martine.

Ce ne sera pas long. Tu verras comme tu seras bien coiffée.

À la maison, les préparatifs s'achèvent. Reste à garnir le gâteau de la fête. Martine rentre de chez la coiffeuse. Vite, elle met son tablier pour assister maman. Elle verse la crème sur le gâteau.
– Maintenant nous allons mettre les fruits confits… Et surtout, n'oublions pas les bougies…

Le jour fixé pour la fête est arrivé. Tout est fin prêt : les gâteaux, le jardin.
C'est une chance qu'on n'ait rien oublié.
La porte est ouverte pour recevoir les amis.
– Joyeux anniversaire, Martine…
– Nous t'offrons un joli bracelet, dit Françoise.
– Une boîte à ouvrage et un stylo.

Martine est très heureuse et remercie ses petits amis. On s'embrasse. Tout le monde est content.

Allons voir qui a sonné…

C'est le fleuriste. Il apporte un bouquet de roses pour Martine.

Qui a fait envoyer ces jolies fleurs ? Nous allons le savoir.

Il y a une carte de visite dans le bouquet. Sur la carte, il est écrit :

" *Heureux anniversaire à Martine.*
Avec les bons baisers de marraine et de parrain."

Dans le jardin, la fête commence pour de bon.
Savez-vous jouer à colin-maillard ?
On noue un mouchoir devant les yeux de Martine.
Elle doit attraper ses petits amis.
Attention… attention… c'est Jean qui est pris.
Il met le mouchoir à son tour. Tout le monde s'enfuit.

Voici le stand des attractions.

Qui sait abattre d'un seul coup la pyramide de boîtes de conserve ?

Et pêcher la bouteille avec un anneau ?

– Moi, moi, dit un petit garçon… Regardez, j'ai gagné un polichinelle en peluche et ma sœur, une souris mécanique.

Pour fêter l'anniversaire de sa maîtresse, Patapouf a préparé un numéro savant. Pendant huit jours, il a fait des exercices. Voyez ce qu'il sait faire maintenant.

Il se tient sur ses pattes de derrière pendant que Martine compte jusqu'à douze. Ou bien il danse à la corde et saute après la balle. C'est un chien extraordinaire.

On l'applaudit bien fort.

Pendant que Patapouf terminait son numéro, Martine est allée chercher son tablier blanc.

C'est elle qui va servir des rafraîchissements à ses petits amis.

– Voici de l'orangeade.

– Moi, je préfère la grenadine.

Jean a mis son costume de pâtissier.

– Qui veut des petits fours et des pommes au sirop ?

Décidément, Martine et sa maman ont pensé à tout pour que la réception soit réussie.
– Qui n'a pas son mirliton ?
– Par ici, les jolis chapeaux.
– Celui-là me va très bien.
– Moi, je voudrais une casquette.
– Ne vous bousculez pas.
Il y en aura pour tout le
monde : des bleus,
des rouges, des verts.
Chacun choisit
le chapeau qui
lui convient.

À présent, place à la musique.
Oh, le joli tourne-disque ! C'est le papa de
Martine qui le lui a offert.
– Qu'allons-nous jouer ?
– Une marche militaire, dit Jean.
– Non, réplique Martine, ce n'est pas de la
musique pour les filles.
– Mettons une farandole.
Ce sera mieux.

– Venez danser la ronde avec nous.

– Attendez, je perds ma perruque.

On a mis Patapouf au milieu de la farandole. Il pleut des confettis. Les serpentins volent.

Le disque ne s'arrête pas de jouer de la musique. On a la tête qui tourne, tourne…

– On s'amuse rudement, à la fête de Martine, dit un garçon avec un faux nez.

– Oh oui alors, répond une petite fille.

Le soir commence à tomber. Dans le jardin, on allume les lanternes vénitiennes. La maman de Martine appelle tous les invités autour de la table où sont préparés le gâteau et les friandises.
D'un seul coup, Martine souffle toutes les bougies.
– Joyeux anniversaire, crient ses amis.
Chacun reçoit sa part de gâteau.
Mais il y a encore une autre surprise…

… celle que le papa de Martine a préparée dans le plus grand secret. C'est un feu d'artifice miniature avec des feux de Bengale et des soleils qui tournent à toute vitesse en crachant des étincelles. Des pétards claquent par ici. Une fusée siffle par là.

Patapouf n'est pas très rassuré. Heureusement que Martine l'a pris dans ses bras.

Les enfants, eux, sont ravis…

Ainsi s'achève une agréable soirée.
Il est l'heure de rentrer à la maison. Dépêchons-nous, sinon, la prochaine fois, les petits amis ne pourront plus venir fêter l'anniversaire de Martine.

martine
en classe de découverte

GILBERT DELAHAYE - MARCEL MARLIER

Il est huit heures.
Le soleil n'est pas encore levé.
Aujourd'hui, Martine a le cœur qui bat à l'idée de partir en excursion avec l'école.
D'une main, elle essuie la buée de la vitre du car qui va les emmener.

Comment se fait-il que Ludo ne soit pas encore là ?
– Il n'a pas entendu son réveil ! soupire Lise.
Il est en retard, comme d'habitude…
– Ce serait dommage qu'il manque cette journée, pense Martine.
Le moteur se met à ronfler. Cette fois, ça y est ! on part !
– Attendez-moi ! Attendez-moi !

Ouf ! C'est Ludo ! Il arrive juste à temps…
mais complètement à bout de souffle.
À l'intérieur du car, on se croirait dans une volière. Tout le monde rit, bavarde, s'agite… sauf Ludo !

– Oh ! Regarde ! dit Sylvie.
Il n'a pas l'air dans son assiette.

– Je ne me sens pas très bien, gémit-il. J'ai le mal de voiture.
Martine le rassure :
– Ne t'inquiète pas, on arrive.

Souriante, une guide les attend et leur souhaite la bienvenue.
– Bonjour ! Je m'appelle Carine ! Nous allons passer une journée formidable ! Imaginez que nous sommes des explorateurs. Nous partons à la découverte des oiseaux du monde entier. Chuuut ! Il va falloir parler tout doucement pour ne pas les effrayer.

Ludo se sent déjà beaucoup mieux.
Il reprend des couleurs.

On s'attarde un peu dans la ferme miniature, juste le temps de jouer à je-te-tiens-par-la-barbichette avec le bouquetin.
Mais il faut avancer.

– Voici les perroquets ! Ceux que vous voyez ici s'appellent les "inséparables". Sans doute parce qu'ils aiment se reposer en se serrant les uns contre les autres.

Carine explique qu'ils appartiennent à la famille des PSITTA-CI-DÉS. Ils ont tous un bec puissant. C'est une véritable pince qui leur permet de décortiquer les aliments.

– Regardez l'ara bleu. Son bec lui sert aussi de troisième patte lorsqu'il s'accroche aux branches.
Martine prend des notes.
– Comment faut-il écrire psittacidés ?
– Avec deux T ! répond Ludo qui a repéré le nom sur le panneau d'information.

On pénètre maintenant dans une immense volière… plus haute que la cime des arbres.
Martine et Ludo tombent nez à nez avec des oiseaux majestueux.
Ce sont les grues couronnées.
D'une extrême courtoisie, elles s'inclinent profondément en agitant leur crête jaune, noire et ocre, comme pour saluer les enfants.

Plus loin, un groupe d'oiseaux attire tous les regards.
– On dirait un arbre de Noël !
– Ce sont les ibis rouges, précise Carine.
Ils vivent en Amérique du Sud, mais sont de la même famille que les cigognes et les hérons.
Et regardez ! Là ! Les spatules blanches. Elles se reconnaissent facilement avec leur bec en forme de cuillère.

Tout à coup, un violent coup de tonnerre éclate !
La pluie se met à tomber.
– Vite, un abri !
Ludo a déniché un parapluie.

Mais quel est ce drôle d'oiseau ? Il a l'air furieux.
Il pousse des cris rauques et claque du bec,
comme s'il voulait dire quelque chose.
Martine s'impatiente :
– Dis-lui de ne pas bouger pendant que je le dessine !

À quelques pas de là, deux oiseaux appelés communément "becs-en-sabot" contemplent la scène goguenards...

– J'aimerais que tu me photographies avec des oiseaux rigolos ! C'est pour mon album... dit Ludo.
– Attends ! s'écrie Martine, je fais un gros plan de ce... mais comment s'appelle-t-il ?

Sur la table d'identification, on peut lire ceci : "Le savacou est un oiseau d'Amérique centrale. Il vit au bord des fleuves, des étangs ou des marais et se nourrit de poissons ou d'insectes."
– Attention ! il n'a pas l'air commode...
– Oh là ! Il nous prend pour des paparazzi !

On quitte la grande volière, pour la serre tropicale. Ici, il fait très chaud !
Les toucans au bec rouge lancent des cris perçants, mais c'est surtout le bec du calao qui fascine Martine.
— On dirait un ballon gonflable, dit Ludo.

Au bord de l'eau, très hauts sur pattes, se promènent toutes sortes d'échassiers.

Changement de décor : ici, il n'y a presque pas de végétation.
C'est la serre aride : on se croirait dans le désert !

Avec leur bec, les oiseaux viennent aspirer l'eau contenue dans les cactus et les plantes grasses, comme s'il s'agissait d'éponges.

C'est là qu'habite le grand géocoucou. Aux États-Unis, on l'appelle "le coureur de route". Il a l'air affairé et se déplace à toute vitesse… Il semble dire :
– Bonjour ! je suis pressé ! Bonsoir !

Maintenant, tout le monde s'élance vers la plaine de jeux où trône une pyramide géante. On dirait une immense toile d'araignée. C'est à qui arrivera le premier tout en haut.
Mais à peine grimpé sur les cordages, Ludo laisse tomber ses lunettes.

– Attends, dit Martine. Ce n'est pas grave. Le verre n'est pas cassé. Je vais pouvoir le remettre en place.
– Super ! s'écrie Ludo. Je vois mieux qu'avant !

Après un substantiel pique-nique, chacun s'installe à une table dans l'atelier de bricolage.

Carine distribue de la terre glaise et un peu d'eau.

– Qu'est-ce que tu vas faire ?

– Un nid avec des œufs, dit Kevin. C'est moins compliqué.

Martine tente de faire un marabout.

Mais l'oiseau a l'air bougon et grincheux.

A-t-elle mis trop d'eau ?

La chouette de Ludo est très jolie avec sa tête en forme de cœur.

On dirait qu'elle va s'envoler !…

Nous voici dans un décor de ruines médiévales.
Ici, c'est le repaire des aigles et des vautours.
Du haut d'une tour, une chouette s'envole.
C'est peut-être celle de Ludo ?
Sans bruit, elle plane au-dessus de l'assemblée…
FFRRRRR… puis, dans un frémissement
d'ailes, elle rejoint le dresseur qui la pose
délicatement sur la tête de Sylvie…

Le spectacle est impressionnant, mais il n'y a aucun
danger. Les rapaces sont habitués à la foule et
les démonstrations sont longuement préparées.

Après la représentation, Martine et Ludo font un petit
détour du côté des étangs, là où les flamants roses
et les pélicans vivent en liberté.
C'est justement l'heure du repas.

Avec leur célèbre bec en forme d'épuisette,
les pélicans attrapent les poissons. Martine en profite
pour photographier la scène.

Le temps a passé très vite. À l'horizon, le soleil va bientôt se coucher. Les ombres s'allongent au pied des arbres.

Quelques élèves repartent en direction de la sortie pour rejoindre le car qui les attend déjà.
Mais Martine a le cœur serré. Depuis l'étang aux pélicans, elle n'a pas revu Ludo.
Elle décide alors de rebrousser chemin et de partir à sa rencontre.
Non loin de là, la maîtresse rassemble les enfants.

Tout le monde semble bien fatigué. On se compte.
Ludo manque à l'appel.
Par où a-t-il bien pu passer ? Qui l'a aperçu la dernière fois ?
La maîtresse interroge les derniers arrivés.
– Et Martine ?
– Elle est partie à sa recherche !

Carine consulte le plan.

– Voyons, à quel endroit peut-il bien se trouver ?
Près de la grande volière ? Dans la serre tropicale ?

– Ludo s'est certainement attardé près des étangs, dit la maîtresse en scrutant l'horizon.
Au loin, elle n'aperçoit que les cygnes et les cigognes.

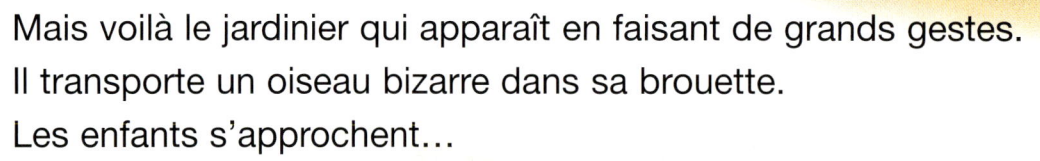

Mais voilà le jardinier qui apparaît en faisant de grands gestes.
Il transporte un oiseau bizarre dans sa brouette.
Les enfants s'approchent…
– Mais c'est Ludo ! s'écrie Martine qui a rejoint le groupe.

Ludo s'en tire avec un peu d'eau dans les bottes.

Sur le chemin du retour, il raconte son aventure à qui veut l'entendre.

– J'ai glissé en voulant attraper une très belle plume de flamant rose. Elle flottait sur l'eau, tout près du bord…

Heureusement le jardinier était là !

En souvenir de cette journée inoubliable, la maîtresse a pris une dernière photographie avec Ludo dans la brouette.

C'est promis ! Elle l'accrochera en bonne place sur le mur de la classe !

martine
baby-sitter

GILBERT DELAHAYE - MARCEL MARLIER

Jeudi, tante Monique a téléphoné à Martine.

— Nous devons nous absenter ce soir. Peux-tu t'occuper de tes cousins ?

Martine est enchantée. Elle adore ses cousines, les jumelles Sandrine et Sandra, et leur frère Alexis.

Ce soir-là, Martine arrive chez tante Monique.

— Bonsoir tout le monde !

Le chien César aboie joyeusement.
— Tu as le bonjour de Patapouf, lui dit Martine à l'oreille.

— Vite, vite, la voiture attend, dit tante Monique. Nous rentrerons tard dans la soirée... Alexis doit terminer ses devoirs.
Après le repas, Martine vous mettra au lit... N'oubliez pas de faire votre toilette.
Et surtout, soyez sages, les enfants !
— Oui, oui. C'est promis. Au revoir.

Papa et maman sont partis. On va bien s'amuser.
— Attendez ! Où allez-vous ?
— Jouer à cache-cache dans les chambres, dit Sandrine.
— On va sauter sur les lits, dit Sandra.
— Non, non ! On ne court pas dans les escaliers, descendez ! crie Martine, je vais vous lire une belle histoire.

— Ecoutez bien. C'est l'histoire du lièvre et de la tortue.
Pendant que le lièvre batifole, la tortue ne perd pas une seconde
en chemin.

— Regarde, c'est le lièvre
qui va arriver le premier.
Il court plus vite !
— Mais non, c'est la tortue
qui a gagné !
— Rien ne sert de courir…

— Encore une histoire,
Martine !
— Plus tard, c'est promis.

J'ai apporté un puzzle.
Regardez.
On commence
par poser les coins.
C'est plus facile.
— Et moi ?
dit Sandra.
Qu'est-ce
que je fais ?

Martine est partout à la fois.
Elle aide Alexis qui sèche sur ses devoirs.
Il est au bord des larmes.
Il préférerait jouer avec le chien César.

Mais déjà, les jumelles ont terminé leur puzzle.
Il faut les occuper. Martine leur explique
comment faire des *ribambelles*. Elle coupe
des bandes de papier, puis les plie en accordéon.
Il faut prendre des ciseaux à bouts ronds pour ne pas se blesser,
découper un modèle, et...
— Je déplie... Regardez !
— On dirait de la dentelle.

Il n'y a qu'une seule paire de ciseaux…
Heureusement, Sandrine préfère jouer avec les crayons feutres.
Elle fait de très jolis dessins.
Il y en a un pour Martine.
Les autres seront pour maman !

Alexis appelle.
Il a terminé ses calculs.
Martine les corrige.
— C'est très bien !
Il n'y a presque pas de fautes.

Pendant ce temps,
les jumelles s'en donnent
à cœur joie.
— C'est amusant les ciseaux !
On peut jouer à la coiffeuse.
Et les feutres aussi…
Il y en a de toutes les couleurs.
Les murs vont être bien décorés.
"Maman sera contente", se dit Sandra.

Et si on se déguisait ?
— Bonjour madame...
Vous avez un bien joli chapeau !
— Martine ! Viens voir comme je suis belle !
— Mais... vous avez mis de la peinture partout ! s'exclame Martine.

Comment allons-nous faire pour enlever tout cela ? On ne peut vraiment pas vous laisser seules un instant !

Heureusement, avec du savon, Martine réussit à tout effacer.
— Maintenant, on se calme ! dit-elle.

Mais les bêtises ne sont pas finies pour autant. Sandrine et Sandra jouent tranquillement dans le fauteuil, quand elles découvrent le téléphone portable.
— Et si on appelait maman ? Je connais son numéro : un, deux, trois, quatre, cinq, huit, dit Sandra
— Hello ?
— Allô, qui parle ?

— Good evening.
— Good evening !
Mais c'est un Américain !
Vous avez fait n'importe quoi !
Cette fois, Martine
n'est pas contente.

— Excusez-nous.
C'est une erreur, monsieur.
Au revoir…

Pendant cet intermède, Alexis a enfin terminé ses devoirs. Il doit maintenant réviser les tables de multiplication .

Deux fois cinq font dix.
Deux fois six font douze.

— Moi aussi, je sais compter, dit Sandra.
— Dis-moi, Sandrine, combien font deux plus trois ?
— Deux plus trois font... je ne sais pas.
— Deux plus trois font cinq.

Mais voilà que le téléphone sonne...

C'est tante Monique qui appelle.
— Bonsoir maman, nous sommes très sages,
dit Sandrine. Nous allons regarder la télé…
… Non, nous n'irons pas dormir trop tard.

Sur l'écran, une soucoupe volante apparaît.
Elle atterrit dans un faisceau de lumières,
des rouges, des bleues, des vertes.
Un extraterrestre descend de l'appareil.
Il a un casque sur la tête. Il n'a pas l'air
commode. Ses yeux brillent comme
des rayons lasers.
— Moi, je n'aime pas ça.

— Et si on changeait de chaîne ?

— Nous allons regarder une cassette vidéo, dit Martine... Laquelle voulez-vous ?

— Les cent un dalmatiens.

— Non ! On l'a déjà vu cent fois ! Je préfère les histoires drôles.

— Alors, mettons plutôt un film de Charlot.

— C'est plus amusant !

Maintenant, tout le monde rit de bon cœur.

Martine a demandé qu'on l'aide à préparer le repas.
Les jumelles ont aussitôt proposé de faire la vinaigrette pour assaisonner la salade.

— Voyons : il faut beaucoup d'huile, du vinaigre, du sel, du poivre…

Puis on mélange le tout.
— Et si on ajoutait du sucre ?
— Ça sera certainement meilleur.

— Maman met parfois
des oignons, mais ça pique.
On a les yeux qui pleurent.

— A table, à table, les enfants. Il y a du poulet, du jambon...
— Moi, je préfère la crème glacée, dit Sandrine.

C'est l'heure du bain.
La baignoire est remplie de mousse. Alexis fait des bulles de savon.

On s'éclabousse, on rit.
César s'amuse beaucoup lui aussi.

Puis, on enfile les pyjamas.
— Habillez-vous toutes seules,
dit Martine.
— Celui-ci est à moi ?
— Mais non, c'est le mien !

La salle de bains est dans un piteux état. Il y a de l'eau partout !

— Quand vont-elles donc s'arrêter ? soupire Martine.
Les jumelles commencent à être fatiguées, il est temps de les mettre au lit.

Sandra s'est assoupie dans les bras de Martine.
— Bonne nuit, ma chérie. Fais de beaux rêves. Et surtout, ne pense plus aux extraterrestres.

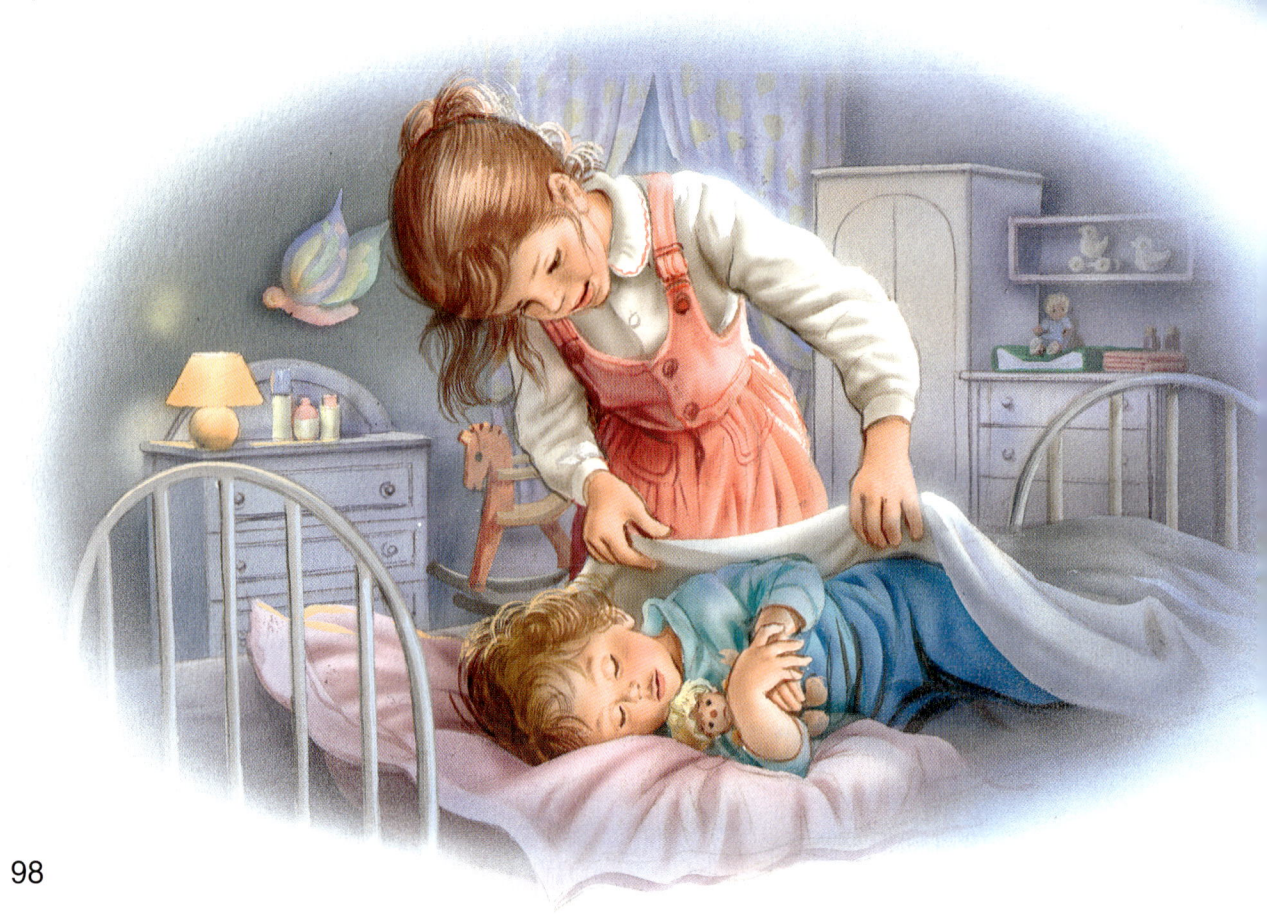

Ouf ! ça y est ! Tout est calme.
Les jumelles dorment.
Martine va enfin pouvoir se reposer.
Pas si facile de remplacer une maman !

— Coucou ! C'est nous !
— Ah non, je rêve ! Les revoilà !
— Martine, raconte-nous encore une histoire.
— Plus ce soir. Tout le monde est fatigué.
Il faut aller dormir tout de suite.
Papa et maman vont bientôt rentrer…

Anne et Françoise
en vacances

JEANNE DETHISE - MARCEL MARLIER

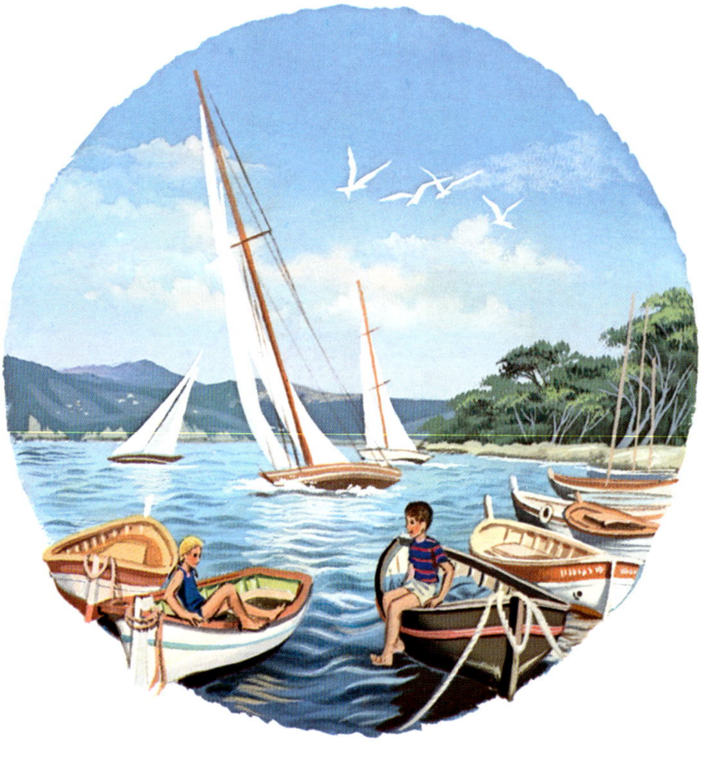

Anne et Françoise, les deux petites sœurs, sont en vacances dans une île avec leur papa et leur maman. L'île est aussi jolie qu'au cinéma : il y a de grands palmiers près d'une petite plage de sable le long du port. Des arbres couverts de bouquets blancs et roses bordent les chemins. Des rideaux de fleurs que les petites filles ne connaissent pas, pendent des murs. La mer est bleue et il y a un soleil magnifique.

Les petites filles étaient tellement fatiguées en arrivant qu'après dîner elles ont dormi comme des anges. Vers huit heures, elles se réveillent, bien reposées. Leur papa vient dire :

— Bonjour les petits canards, on a bien dormi ?

— Oui, papa.

— C'est bien. Faites-vous belles maintenant, car c'est le 14 juillet, et nous allons voir les fêtes au village et sur l'eau.

La maman des petites filles a déjà sa jolie robe à fleurs et elle met à Françoise et Anne leurs robes du dimanche. Anne est en bleu, ce qui fait ses yeux bleus plus bleus et ses cheveux dorés plus clairs. Françoise, toute ronde, est très mignonne en rose. Ses bonnes joues paraissent encore plus appétissantes. Ses boucles brunes et ses yeux bruns sont encore plus jolis.

Arrivées à la plage, les petites filles s'installent sur le sable, sous un palmier, avec papa et maman. Les fêtes ont commencé. Elles voient deux grandes barques avec dix matelots. Ils rament les uns vers les autres, très fort. Il y a un bonhomme debout sur chaque barque. L'un est en blanc, l'autre en rouge. Ils ont un long bâton avec un carré au bout, garni d'un coussin. Les hommes se poussent et il y en a un qui tombe dans l'eau. Les petites filles crient.

Bien vite, elles voient le bonhomme rouge, qui nage très bien, sortir de l'eau tout mouillé en riant. Les petites filles ont compris le jeu et rient aussi quand les deux bonshommes suivants tombent à la fois. Il en vient toujours d'autres ; le dernier qui reste debout a gagné. Ensuite, on lâche des canards sur l'eau et beaucoup de nageurs vont derrière eux pour les attraper. Il y a trois canards qui traversent toute la baie avant d'être pris.

Et il est temps d'aller dîner… À l'hôtel un grand garçon de dix ans vient montrer sa pêche à Anne qui n'a que sept ans. Il a dans un seau quatre oursins et trois beaux coquillages. Il promet de montrer à Anne où il les prend. Bernard parle tellement vite que les petites filles battent des cils pour comprendre ce qu'il dit. Françoise ne l'écoute plus. Elle suit des yeux un petit garçon nommé Gilles, qui court autour des tables avec son ours, tenu par les bras, comme un avion. Il fait bz… bz… ziiiiii. Françoise prend sa poupée et fait la même chose. Gilles a des cheveux blonds en brosse, et un petit nez retroussé. Il a quatre ans comme Françoise.

Les mamans courent derrière leurs enfants pour les mettre au lit. Anne peut aller voir le bal et les lampions allumés à la grand-place. Il y a de la musique. Elle danse avec Bernard, et bientôt tous les enfants font une ronde entre les grandes personnes, puis une farandole. C'est au tour de papa de courir après Anne, pour la mettre au lit aussi…

Le lendemain toute la famille se rend à la grande plage où des arbres comme des parasols font de l'ombre. Anne va à l'eau immédiatement et suit son nouvel ami, Bernard. « Pas d'imprudence ! dit papa, car Bernard sait nager et Anne pas. » L'eau est tellement transparente qu'Anne continuerait encore loin pour voir où Bernard va chercher ces châtaignes vivantes qu'il appelle des oursins.

Bernard montre à Anne ses pattes de canard en caoutchouc bleu, son masque avec un verre pour les yeux et un tuyau à mettre dans la bouche pour respirer. Anne est pleine d'admiration. Françoise va aussi à l'eau, jusqu'à son gros petit ventre, pour regarder de près la leçon de natation de son ami Gilles. Françoise est tellement intéressée qu'elle prend un coup de soleil sur le bout de son nez.

Le soir, les grandes personnes jouent aux boules sur la grand-place, et les enfants regardent. Petit Gilles arrive à vélo vers Anne et dit : Bonjour Anne, qu'est-ce que tu fais là ?

— Je regarde jouer papa, dit Anne, je voudrais qu'il gagne.

— Justement, dit Gilles – et Anne voit deux grosses larmes sur son petit nez –, moi, j'ai perdu mon papa, il est parti avec maman, sans dire où.

— As-tu été voir à l'hôtel ? dit Anne.

— Oui, dit Gilles, ils n'y sont pas.

Anne garde petit Gilles près d'elle et ensemble ils surveillent l'hôtel. Tout le monde y entre pour le repas du soir. Les parents de Gilles viendront bien aussi. Entre-temps, le papa de Gilles, sort de la boutique du marchand de journaux et appelle son fils. Gilles, tout heureux, remercie Anne et pédale à toute allure vers son cher papa retrouvé.

Anne s'ennuie un peu. Elle regarde vers le port et voit entrer un joli bateau blanc. Papa lui donne la permission d'aller voir. Le bateau s'arrête en faisant pt, pt. Il en sort un vieux marin, tellement bruni par le vent et le soleil qu'il en est noir. Ses vêtements, qui étaient bleus, sont devenus jaunes-verts-bruns-gris.

Anne admire le petit bateau. Le « capitaine » s'en aperçoit et lui dit :
— Ma petite demoiselle, il est joli mon bateau, eh ?
— Oh oui ! dit Anne.
— Où est ton papa ? demande le capitaine.
— Il joue aux boules, dit Anne d'un air important.
— Si nous jouions aussi ? dit le capitaine.

— Je ne sais pas, dit Anne.

— Ça ne fait rien, je t'apprendrai, dit le capitaine.

Il prend la main d'Anne et ils vont ensemble chercher des boules au *Café du port*. Le capitaine lui explique :

— La petite boule blanche s'appelle le cochonnet ; on la jette par terre, loin. Avec les grosses boules, il faut essayer d'aller aussi près que possible de la petite. Celui qui est le plus près gagne un point.

Et Anne joue avec le vieux capitaine.

Le lendemain, papa organise une partie de boules entre Gilles, Bernard, Anne et Françoise. Françoise peut commencer parce qu'elle est la plus petite. Mais les boules sont trop lourdes et Françoise préfère s'installer sur un banc avec une crème glacée. On joue à trois. Anne et Gilles perdent. Cette méchante boule s'arrête toujours trop tôt, ou bien file trop loin…

Mais les vacances sont finies, il faut partir. Les valises et les adieux sont faits. On conduit la famille au port dans la voiture de l'hôtel. Anne n'a jamais vu une auto comme ça. Elle n'a pas de sièges, pas de portes, pas de toit. On la met en marche en tournant une manivelle à l'avant. Des amis poussent derrière, et comme la rue descend vers le port, l'auto se met en route. Les enfants qui regardent crient : « Bravo ! bravo ! » Ils applaudissent. On s'embarque. Maman et papa s'occupent de Françoise et des valises.

Anne est un peu triste. On largue les amarres qui attachaient le bateau à l'île de Porquerolles. Papa voit qu'Anne va pleurer. Comme il est content de la belle mine de ses filles, il dit bien vite :

— Si vous êtes sages, l'année prochaine, nous reviendrons.

— Nous reviendrons ! nous reviendrons ! crient les petites filles.

Et Anne est consolée.

Deux lapins tout pareils

JEANNE CAPPE - MARCEL MARLIER

— Vous vous ressemblez tellement, dit la maman aux deux petits lapins Floco et Doux-Poil, que je m'en vais à la ville pour vous acheter un ruban rose et un ruban bleu ; de cette façon, je pourrai mieux vous distinguer l'un de l'autre, et je saurai qui gronder quand l'un de vous fera une bêtise.

La maman recommande à Floco et à Doux-Poil de s'amuser sagement dans la clairière pendant son absence. Elle prend son porte-monnaie, et la voilà partie.

— Si nous allions voir « le vaste monde » ? propose alors Floco qui aime beaucoup l'aventure.

— Qu'est-ce donc que « le vaste monde » ? demande Doux-Poil qui admire toutes les idées de Floco.

— « Le vaste monde », répond ce dernier, c'est encore plus loin que loin. On y trouve tant que l'on veut des carottes, des trèfles et d'excellentes choses à manger. Les prairies y sont si grandes qu'on n'en voit pas le bout.

— Est-ce que « le vaste monde » est au-delà de la barrière ? crient-ils aux deux agneaux qui jouent dans la prairie.

— Sans doute, font les agneaux, mais comme nous sommes très petits, nous ne savons pas encore lire ce qui est écrit sur le poteau qui indique le chemin.

Ils font mille gambades et recommencent à sauter joyeusement parmi les boutons d'or.

En approchant de la barrière qu'un homme vient de repeindre avec un gros pinceau, les petits lapins voient un grand seau rempli de peinture blanche.

— C'est du lait, décide Floco. Buvons-en, car il faut être fort pour aller à la découverte du « vaste monde ». Et d'ailleurs cela doit être délicieux !

À peine ont-ils trempé leur museau dans le seau que les petits lapins font une horrible grimace. La peinture a un très mauvais goût !

— Tu as le museau tout blanc, Floco !

— Et toi aussi, Doux-poil !

Un bruit de sonnette leur fait dresser les oreilles. Dring, Dring, Dring... Christian, le petit garçon qui habite la maison du bout du jardin, arrive à toute vitesse sur sa trottinette. Dring, Dring, Dring ; il est rouge de plaisir.

— Voilà ce qu'il nous faudrait pour visiter « le vaste monde » ! pense Floco.

En apercevant les deux petits lapins tout barbouillés de peinture blanche, le petit garçon éclate de rire.

Il rit si fort qu'il en oublie de regarder devant lui. Et patatras ! Au tournant, il s'étale dans un carré de choux.

— Oh ! s'exclame Doux-Poil, le petit garçon abîme les choux que nous grignotons tous les jours pour notre déjeuner !

— Console-toi, réplique Floco, on m'a raconté que dans « le vaste monde » il y a de bien meilleurs choux : des choux à la crème. La crème, c'est sucré et cela ressemble à de la neige. C'est exquis. Nous en mangerons pendant deux jours sans nous arrêter.

Ils prennent le premier sentier et se trouvent tout à coup devant la maison du bout du jardin. Quelle n'est pas leur surprise d'y rencontrer un autre lapin, bien plus petit qu'eux-mêmes, un lapin gris qui est assis sur une planche avec, devant lui, un tambour et une carotte énorme.

— Oh ! la bonne carotte, fait Floco. Vite que je m'en régale !

Il se précipite et donne un grand coup de dent.

Bzz... Bzz... Fritch... fait la carotte en se dégonflant, car elle était en baudruche et le lapin gris n'était qu'un jouet en carton.

Les petits lapins ont si peur qu'ils détalent le plus vite qu'ils peuvent vers la clairière.

— Je ne crois pas que ce soit très amusant d'aller voir « le vaste monde », murmure Doux-Poil. Si nous rentrions...

De toute la vitesse de leurs pattes, ils s'en retournent au logis.

— Ciel ! que vous est-il arrivé ? s'écrie leur maman en voyant venir vers elle ses deux petits lapins qui ont un museau tout blanc.

— Nous avons voulu aller visiter « le vaste monde » ! dit Floco en plissant son nez d'un air désolé.

— Je vous avais prévenus que vous étiez trop petits, fait la maman.

Bien qu'elle ait frotté les petits museaux avec une brosse et du savon qui piquait dans les yeux, jamais elle n'a pu enlever la peinture blanche. Il faudra attendre que leur poil tombe et qu'il repousse pour qu'ils redeviennent des petits lapins pareils aux autres.

Pour les consoler, la maman a mis le ruban bleu à Floco et le ruban rose à Doux-Poil, mais ils n'ont même pas osé se regarder dans la glace. Et jamais plus ils ne parlent d'aller voir « le vaste monde ». Ce qui ne les empêche pas d'avoir envie d'une trottinette pareille à celle de Christian et de rêver parfois aux choux à la crème.

L'oie Eugénie et Snif le lapin

JEANNE DETHISE - MARCEL MARLIER

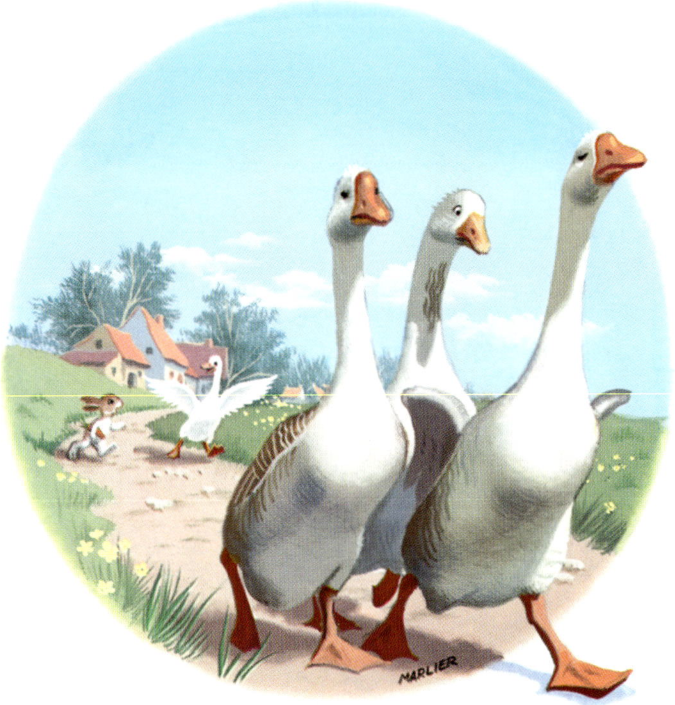
MARLIER

Il était une fois, dans un beau petit village, une jolie ferme blanche. Elle avait des tuiles rouges, des volets verts, des pots de géraniums devant les fenêtres et des rideaux blancs derrière. L'étable et la grange étaient couvertes de chaume, comme d'un grand chapeau de paille mis de travers. Tout le village était abrité derrière la digue du fleuve.

Dans la ferme, il y avait le fermier, la fermière et deux petites filles qui aimaient les bêtes.

L'aînée était mince et longue, avec de grands yeux clairs. Tout était mince et long chez elle : sa figure était mince, ses bras étaient longs ; son nez était mince, ses jambes étaient longues ; ses cheveux étaient très longs et couleur du lin cultivé chez elle. Elle s'appelait Ficelle.

La plus jeune était toute ronde, brune et bouclée. Tout était rond chez elle : ses yeux bruns étaient toujours ouverts tout ronds ; son nez était comme une petite pomme toute ronde ; son visage était tout rond et ses joues rebondies ; son petit ventre était aussi rond que son petit derrière. Elle s'appelait Bouboule.

C'était le printemps ; tout poussait, fleurissait et sentait bon.

Dans l'étable, il y avait les vaches. Dans une annexe, les cochons ; et dans la grange, les chats, les chiens, les poules et les pigeons avaient leurs quartiers respectifs. Il y avait des jeunes bêtes partout, à la grande joie des petites filles.

A Pâques, le fermier acheta quatre jeunes oies, jaunes comme des poussins, pour Ficelle, et un petit lapin brun pour Bouboule.

Les oies grandirent en blancheur et en beauté, mais pas en sagesse. Il y en avait trois très méchantes nommées Die-Die-Die. La quatrième avait meilleur caractère et s'appelait Eugénie. Tous les jours, les quatre oies, ailes ouvertes, venaient à la rencontre de Ficelle en poussant de grands cris de joie : Die-Die-Die ! C'était Ficelle qui les soignait, et on s'aimait bien. Mais pour le reste de la famille, ça allait mal !

Le fermier avait tous les jours d'autres méfaits à raconter à sa fille :

— Ficelle, tes oies ont rongé les jeunes plantes du jardin.

— Ça repoussera, Papa, et ça ira mieux quand elles seront plus grandes.

— Ficelle, les trois Die ont mangé les fraises.

— C'est ma part, Papa, je me priverai de dessert, et ça ira mieux quand elles seront plus grandes.

Les plaintes continuaient :

— Ficelle, « elles » ont pincé les mollets de Bouboule.

— Elle ne doit pas aller par là, Papa, et ça ira mieux quand elles seront plus grandes.

— Ficelle, tes trois bandits ont déchiré le fond de la culotte des dimanches du petit voisin.

— Il ne devait pas les taquiner, Papa, c'est bien fait, na!

Le dernier jeu des trois méchantes Die fut le plus triste : elles faisaient la chasse aux poussins, les attrapaient par la queue et leur faisaient décrire de grands cercles. Les pauvres poussins poussaient des cris de détresse. Ficelle, les yeux pleins de larmes, — car elle aimait aussi les poussins, – ne trouva plus d'excuses pour ses oies. Le fermier les vendit. Eugénie put rester parce qu'elle avait toujours été sage.

Le lapin Snif, qui avait assisté à ces jeux cruels, en devenait terriblement nerveux. Il faisait aller son petit nez de plus en plus vite en faisant « snif-snif-snif ». Cela lui donnait un air profondément désapprobateur, mais au fond, son petit cœur de lapin battait très fort. Eugénie venait le rassurer et lui dire qu'heureusement, toutes les oies n'étaient pas si méchantes…

On rentra les moissons, on cueillit les pommes… Un jour, Eugénie prit un air soucieux et se retira dans un coin sombre. Snif était très intrigué et un peu inquiet; il sniffait à nouveau très vite. Eugénie qui restait tranquille si longtemps, c'était inquiétant ! Mais Eugénie fit un bel œuf. Snif n'avait jamais contemplé une telle merveille, et il la félicita chaudement. L'œuf était aussi grand qu'un œuf de Pâques. Jamais une poule n'avait réussi un œuf comme ça !

L'hiver fut très rude cette année-là ; Snif offrit à Eugénie la plus belle partie de son appartement, où il y avait de la paille bien chaude. Il réchauffa lui-même, avec ses fourrures, les pattes à moitié gelées de son amie. Chaque jour, Ficelle et Bouboule trouvèrent Snif et Eugénie endormis côte à côte dans le clapier.

Cet hiver-là, les glaçons usèrent la digue, et un jour, le fleuve passa par-dessus. L'eau, en retombant de l'autre côté, fit un grand trou et inonda le village. Le fermier sauva d'abord les siens et les vaches. Il revint ensuite chercher chiens et chats. Il prit aussi les petits cochons qui hurlaient, debout contre la mangeoire, avec leur derrière dans l'eau froide. Il laissa Eugénie nager à sa guise, oubliant complètement Snif. Les poules étaient perchées sur le perron, et les pigeons envolés.

Snif, en voyant monter l'eau sous sa petite cabane, prit très peur et se mit à renifler nerveusement. Eugénie nageait dans les environs pour rassurer son ami, et lui disait :

— N'aie pas peur, Snif, je suis là.

Mais Snif répondait :

— Je n'ai pas peur, je m'enrhume…

C'était un lapin courageux.

Finalement, Snif eut les pieds dans l'eau. Cette fois, Eugénie prit de grandes mesures. Elle vint nager près de leur cabane et dit à Snif :

— Monte sur mon dos, vite, tu vas t'enrhumer pour de bon !

— Je n'oserai jamais, dit Snif, ton dos est rond, et je vais glisser dans l'eau.

— Pas du tout, dit Eugénie, je vais un peu ouvrir mes ailes, et je te tiendrai.

Ainsi fut fait. Et tandis que les petites filles pleuraient sur la grande digue intérieure, leur cher Snif oublié, Eugénie nageait vaillamment vers les hommes avec son gentil fardeau.

Bêtes et gens pensaient tristement à leurs chaudes maisons abandonnées…

Puis, on vit arriver un point blanc sur l'eau grise. Le fermier dit :

— Mais voilà Eugénie !

La fermière dit :

— Mais elle a un bloc de terre sur le dos ! La pauvre bête peut à peine avancer.

— Mais ça bouge ! dit Ficelle.

— Mais c'est Snif ! dit toute la famille…

Eugénie était si fière et si belle qu'elle avait l'air d'un cygne avec ses ailes un peu écartées. Bouboule la déchargea tendrement de Snif qui sniffait de joie et d'émotion. Ficelle prit Eugénie dans ses bras et l'embrassa en lui disant de gentilles choses. Toute la famille jura de ne jamais manger ni Eugénie ni Snif. Ils vécurent heureux et eurent beaucoup de petits lapins et beaucoup de petites oies.

Imprimé et relié en Espagne par Edelvives.
Dépôt légal : octobre 2004 ; D.2004/0053/247.

Déposé au Ministère de la Justice, Paris
(Loi n° 49.956 du 16 juillet 1949 sur les publications destinées à la jeunesse).